29 AVRIL 1893   29 Avril 189.

Vente du Vendredi 29 Avril 1892

HOTEL DROUOT, SALLE N° 1

à 3 heures

TABLEAUX

ANCIENS

ET

MINIATURES

EXPOSITION PUBLIQUE

LE JEUDI 28 AVRIL 1892

DE 1 HEURE A 5 HEURES 1/2

COMMISSAIRES-PRISEURS

Me LÉON TUAL	Me FÉLIX ALBINET
56, rue de la Victoire, 56	51, rue de Maubeuge, 51

EXPERT

M. EUGÈNE FÉRAL, PEINTRE

54, Faubourg-Montmartre, 54

CATALOGUE

DE

TABLEAUX

ANCIENS

PARMI LESQUELS

Cinq gracieuses compositions

Par F. BOUCHER

BELLES MINIATURES

Par CHARLIER

SUJETS MILITAIRES

Par CASANOVA, etc.

DONT LA VENTE AURA LIEU

HOTEL DROUOT, SALLE N° 1

Le Vendredi 29 Avril 1892

à 3 heures

COMMISSAIRES-PRISEURS

Mᵉ LÉON TUAL | **Mᵉ FÉLIX ALBINET**

56, rue de la Victoire, 56 | 51, rue de Maubeuge, 51

Assistés de **M. EUGÈNE FÉRAL**, peintre-expert

54, Faubourg-Montmartre, 54

Chez lesquels se trouve le présent Catalogue.

EXPOSITION PUBLIQUE

Le Jeudi 28 Avril 1892, de 1 heure 1/2 à 5 heures 1/2

CONDITIONS DE LA VENTE

Elle sera faite au comptant.

Les acquéreurs payeront, en sus des adjudications, *cinq pour cent*.

Paris. — Imp. de l'Art. E. MÉNARD et Cⁱᵉ, 41, rue de la Victoire.

DÉSIGNATION

TABLEAUX ANCIENS

BERRÉ

1 — *Petite Bergère, avec son chien, conduisant des vaches, une chèvre et un mouton.*

BOUCHER
(FRANÇOIS)

2 — *Les Petits Moissonneurs.*

Un jeune garçon, armé d'une faucille et suivi de son chien, surprend une fillette et un petit berger couchés dans les blés, à l'ombre de quelques arbres.

Charmant tableau, d'une remarquable fraîcheur de coloris et d'une conservation parfaite.

BOUCHER
(F.)

3 — *La Petite Bergère.*

Elle est endormie, auprès de ses moutons.

BOUCHER
(F.)

4 — *La Petite Jardinière.*

Debout, appuyée sur son râteau, ayant auprès d'elle une brouette et des pots de fleurs.

BOUCHER
(F.)

5 — *Le Petit Jardinier.*

Il est debout, appuyé sur un bâton. A gauche, un vase de marbre ; à droite, une hotte et un panier de raisins.

BOUCHER
(F.)

6 — *Petit Berger adossé contre un arbre.*

> Il joue de la cornemuse, faisant danser son chien.
> Au second plan, un troupeau de moutons.

BURCK
(H. VAN DER)

7 — *Ruines du château de Biwel, en Écosse.*

> Signé.

BRUANDET

8 — *Paysage avec rivière et animaux conduits par un berger.*

CASANOVA

9 — *Soldats faisant halte au pied d'un rocher.*

CASANOVA

10 — *Cavalier demandant son chemin à un berger qui conduit son troupeau.*

CASANOVA

11 — *Marche de troupes.*

Au premier plan, un paysan conduisant un mulet chargé de bagages.

CASANOVA

12 — *Le Mulet désarçonné.*

CASANOVA

13 — *Bergers conduisant leurs bestiaux au bord d'une rivière.*

CASANOVA

14 — *Villageois en voyage.*

CASANOVA

15 — *Le Maréchal ferrant.*

CASANOVA

16 — *La Cantine.*

CASANOVA

17 — *Cavaliers au galop courant vers la droite.*

CASANOVA

18 — *Soldats au repos.*

CHARLIER

19 — *L'Amour désarmé.*

Vénus, assise dans un paysage, tient l'arc et le carquois qu'un petit amour, tendant les bras, cherche à saisir. Deux colombes sont à leurs pieds.

Très belle gouache de forme ovale.

CHARLIER

(PENDANT DU PRÉCÉDENT)

20 — *Vénus descendue de son char.*

La déesse est debout, posée sur des nuages, tenant une draperie blanche avec laquelle elle cherche à se couvrir; deux petits amours sont auprès d'elle, l'un tenant ses colombes, l'autre lui offrant une couronne de fleurs.

Très belle gouache de forme ovale.

CHARLIER

21 — *Composition allégorique.*

Représentant une jeune femme regardant le soleil et tenant un miroir avec lequel elle rallume le flambeau de l'Amour.

A droite, une autre jeune femme tient une banderole sur laquelle on lit :

Sic in corde facit amor incendium.

Belle gouache de forme ovale.

CHARLIER

22 — *Nymphe endormie.*

Elle a devant elle deux colombes. A gauche, un petit amour.

CHARLIER

(PENDANT DU PRÉCÉDENT)

23 — *Nymphe assise.*

Prenant des fleurs dans un panier. A droite, un petit amour joue avec une colombe.

CONSTANT

(LÉON)

24 — *Fleurs dans un carafon de cristal posé sur une table de marbre.*

Signé et daté 1842.

COYPEL

(CHARLES)

25 — *Une Scène de Don Quichotte.*

MEULEN

(Genre de VAN DER)

26 — *Marche d'armée.*

DAEL

(VAN)

27 — *Fleurs dans un verre posé sur une table de marbre auprès d'une grappe de raisin blanc.*

Signé du monogramme.

DE MARNE

(LOUIS)

28 — *Plage avec pêcheurs vendant leurs poissons.*

HALS

(DIRCK)

29 — *Le Festin.*

Une joyeuse société est réunie dans un intérieur. Ils sont assis autour d'une table, et viennent de terminer leur repas; les uns causent, les autres chantent ou pincent de la mandoline.

A droite, un dressoir où sont posés des vases d'or et d'argent.

LAGRENÉE

(Attribué à)

30 — *Le Guerrier vainqueur.*

Toile de forme ronde.

MACHY

(DE)

31 — *Feu d'artifice.*

Tiré sur le bassin de Neptune, à Versailles.

NOYAL

32 — *Portrait de Napoléon I*er.

Portrait du duc d'Orléans.

ROBERT

33 — *Paysage des environs de Sèvres.*

Signé et daté 1840.

SPAENDONCK
(CORNEILLE VAN)

34 — *Fleurs diverses posées sur une console de marbre.*

35 — Le même tableau exécuté en tapisserie.

ÉCOLE FRANÇAISE

36 — *Fleurs dans un vase de marbre posé sur une table auprès de deux volumes.*

ÉCOLE FRANÇAISE

37 — *Paysage avec rivière et hôtelle-rie sur la gauche.*

ÉCOLE FRANÇAISE

38 — *Paysage avec chaumières.*

ÉCOLE FRANÇAISE

39 — *Paysage avec moulin et laveuses.*

ÉCOLE ITALIENNE

40 — *Jeune femme tenant une colombe.*

Toile ovale.

ÉCOLE MODERNE

41 — *Bataille sous Louis XIV.*

Petite esquisse.

INCONNU

42 — *Fleurs dans une corbeille posée sur une table.*

Médaillon émail, de forme ovale.

43 — Sous ce numéro, qui sera divisé, un certain nombre de gravures et lithographies.

SUPPLÉMENT

DROUAIS

(H.)

Le Petit Écolier.

Enfant vu à mi-corps, tenant un car-
ton sous son bras, coiffé d'un tricorne
légèrement incliné sur l'oreille.

Charmant tableau, d'un briliant coloris et représentant bien l'écolier mutin
du XVIIIᵉ siècle, à la physionomie fine et
naïve.